Premiers romans

Couverture et illustrations intérieures : Loïc Méhée

Direction éditoriale : Paola Grieco
Direction artistique : Tiphaine Rautureau
Suivi éditorial et maquette : Caroline Merceron
Correction : Maud Placines Charier

www.gulfstream.fr

ISBN : 978-2-35488-760-5

Loi 49-956 du 16 juillet 1949 sur les publications destinées à la jeunesse

Julien Artigue
Illustré par Loïc Méhée

Gulf stream éditeur

SOMMAIRE

Lucas

Le chef de la bande, c'est moi. Enfin, presque. Il faut juste que je le dise aux trois autres parce qu'ils n'en font qu'à leur tête !

Elisa

Bon, OK, c'est une fille, mais elle est quand même sympa ! Et puis, selon la maîtresse, c'est la plus intelligente de nous quatre !

Bastien

Mon meilleur ami ! C'est le costaud de la bande, toujours à se bagarrer avec Nico ou moi.

Nico

Lui aussi c'est mon meilleur ami ! Le plus foufou d'entre nous, capable du meilleur… mais surtout du pire !

CHAPITRE I

L'école, c'est fatigant !

Lire des textes (longs, très longs, trop longs)...

Copier des lignes de *e*, de *f* ou de *k* (qui font mal au poignet)...

Poser des opérations (sans calculatrice)...

Résoudre des problèmes (auxquels on ne comprend rien)...

Comme si aller à l'école n'était pas déjà assez fatigant avec tout ça !

Eh bien non ! En plus de tout ce boulot, la maîtresse nous a attribué ce qu'elle appelle des « responsabilités ». Tu parles, moi j'aurais appelé ça « corvées », oui !

C'est plein de missions qu'elle nous refile parce qu'elle n'a pas envie de les faire elle-même ! Comme distribuer le matériel de peinture, passer avec la corbeille pour récupérer les papiers ou nettoyer le bocal de Bubulle (beurk beurk beurk)...

D'ailleurs, la dernière fois, Nico a dit à Bastien que toutes ces « responsabilités » où on fait le ménage le préparaient à son futur métier : éboueur. Ça n'a pas du tout plu à Bastien, qui lui a renversé le contenu de la poubelle sur la tête. Et ça, ça n'a pas plu non plus à la maîtresse, qui leur a dit que, « pour la peine, vous serez tous deux chargés du ramassage des papiers jusqu'à la fin de l'année ». Moi, j'étais bien content parce que, comme ça, j'allais y échapper. Mais je n'ai pas osé faire le malin de peur d'être obligé de les rejoindre !

Vous savez ce qui m'étonne le plus ? C'est que certains élèves seraient prêts à se battre pour faire ces missions pourries ! À commencer par les deux fayots de la maîtresse : Anatole et Eugénie.

— Madame Lafrape, est-ce que je peux nettoyer le tableau avec l'éponge toute poisseuse ?

— Madame, madame, je peux distribuer les vingt-neuf dictionnaires qui pèsent une tonne ? Dites oui s'il vous plaît !

C'est à peine si ces deux-là ne lui demandent pas pour lui embrasser les pieds !

Heureusement, il y a des responsabilités plus sympas que d'autres, comme celle de facteur. Et justement, c'était mon tour cette semaine ! Comme son nom l'indique, ça consiste à apporter les petits messages de madame Lafrape aux autres maîtresses de l'école. C'est une mission cool parce qu'on peut se balader dans les couloirs au lieu de travailler. En plus, on peut apprendre un tas de trucs intéressants. Bon, je sais qu'on n'est pas censé ouvrir les petits mots qu'on transporte, mais moi il est hors de question que je distribue un message où il est écrit :

Colle une grande claque
à cet élève de ma part !

Et puis, j'aime bien apprendre des trucs avant tous les autres. Ça, je le tiens de maman (elle adore lire les revues dans la salle d'attente du docteur, vous savez celles avec plein d'infos sur la vie des stars). Ce que je préfère, c'est découvrir qu'il va y avoir une grève des enseignants. Ça veut dire qu'on va pouvoir passer une journée peinard à la maison ! Malheureusement, ça n'arrive pas souvent de tomber sur une aussi bonne nouvelle. C'est pour ce genre de surprises que, moi, j'adore être facteur !

CHAPITRE 2

Mauvaise nouvelle

Ce jeudi donc, je suis allé me dégourdir les jambes pour apporter un message à la directrice. Il s'agissait d'une photocopie très compliquée. J'étais déçu. J'en ai quand même profité pour manger un bonbon que j'avais dans la poche en vitesse.

Et puis, comme ça m'a donné soif, j'ai fait un petit détour par les lavabos. Ensuite seulement, je me suis consacré à ma mission.

— Excusez-moi de vous déranger, mais madame Lafrape vous donne cette feuille.

La directrice m'a fait signe de m'approcher pour que je la lui donne. En échange, elle m'a demandé de transmettre « ça » à madame Lafrape.

Le « ça », c'était un tout petit papier plié en vingt-huit (au moins). Les maîtresses, elles s'imaginent que de cette manière, le message est protégé. Sauf que moi, je suis très curieux. C'est pour ça que je l'ai ouvert sur le chemin du retour.

Une courte phrase était écrite au stylo rouge :

L'inspecteur viendra vendredi 22.

Comment ça l'inspecteur ? Pour enquêter sur quoi ? Sur qui ? Pas sur moi en tout cas, je suis un élève modèle !

Je connais bien les policiers parce que maman regarde une série policière chaque après-midi à la télé : *Colombo*. Et quand l'inspecteur Colombo se déplace quelque part, c'est que c'est du sérieux, du genre trafic de drogue ou grosse bagarre. Mais dans la classe, le seul trafic qui avait lieu, c'étaient les bonbons que Nico échangeait contre d'autres. Et pour les bagarres, c'est vrai que parfois c'était pas l'envie qui nous avait manqué de taper Anatole ou Eugénie... Mais pour l'instant, on avait réussi à se retenir ! Alors que venait faire la police dans notre école ?

En revenant en classe, j'ai donné le message à madame Lafrape et je suis retourné m'asseoir entre Bastien et Nico.

CHAPITRE 2

J'ai bien pris soin de regarder le visage de la maîtresse quand elle a déplié le papier. Pas de doute, vu la tête qu'elle a faite, madame Lafrape aussi avait peur de l'inspecteur. Et ça, tous les autres élèves ont pu le remarquer.

Il faut dire que, d'habitude, rien ne perturbe madame Lafrape. Elle se dresse face aux élèves comme un phare en pleine mer. Mais là, elle avait l'air d'avoir du mal à tenir debout, comme si on était tous en train de lui souffler dessus pour la faire tomber. Voyant le danger arriver, Anatole a crié (alors qu'il n'en avait pas eu l'autorisation, vous vous rendez compte ?) :

— Vite, vite, madame Lafrape fait un malaise, apportez-lui une chaise, téléphonez aux pompiers et au SAMU !

Heureusement, la maîtresse a vite

repris ses esprits. Elle a remercié Anatole et a dit que tout allait bien. Mais honnêtement, je crois qu'elle n'a convaincu personne.

Vite, réunion urgente à notre quartier général ! Par chance, on avait un peu de temps avant le vendredi 22 pour essayer d'y voir plus clair ! Je dis « on » parce que je ne suis pas le seul curieux, je partage mes infos avec mes copains de la bande : Nico, Bastien, Élisa. On est comme les quatre doigts de la main !

CHAPITRE 3

L'aveu de Bastien

Enfin, quand je dis réunion urgente… D'abord, il a fallu attendre la récré pour se retrouver dans notre QG ultra-secret : la cabine handicapés des W.-C. de l'école. Je ne vous dis pas comme la fin du cours sur, euh… je ne sais même pas de quoi la maîtresse parlait (sûrement un truc ennuyeux, comme toujours), m'a paru longue ! J'étais pressé de tout raconter aux copains !

Une fois que Nico, Bastien, Élisa et moi, on est entrés dans la grande cabine, j'ai dit tout ce que je savais d'un seul coup, sans reprendre ma respiration :

— Je sais ce qu'il y avait sur le mot de la directrice ! La police va venir ici, il a dû se passer quelque chose de grave dans l'école ! Un inspecteur sera là vendredi... dans deux semaines !

Élisa a essayé de me calmer.

CHAPITRE 3

— La police ? Je pense plutôt qu'ils viennent pour nous parler du harcèlement ou des dangers d'Internet. Mon grand frère m'a parlé d'interventions comme ça...

Ça n'arrivait pas souvent, mais sur ce coup-là, je n'étais pas d'accord avec elle.

— Non, pas possible, ils n'envoient pas un inspecteur pour de si petites choses ! Et t'as vu la tête de madame Lafrape quand elle a lu le mot ? Il doit y avoir un problème beaucoup plus grave dans la classe ! Dites-lui les gars ! Hé ho, les gars !

Mais Bastien regardait le sol comme s'il admirait des nouvelles chaussures qu'on venait juste d'acheter au magasin, ce qui n'était pas le cas vu qu'il avait ses vieilles godasses toutes trouées. Il a finalement relevé les yeux avant d'avouer :

— Je crois que l'inspecteur vient pour moi...

Elisa et moi on n'en revenait pas.

— Quoi ? Raconte !

— Je veux bien vous le dire mais, d'abord, il faut me promettre que vous ne le répéterez pas. Allez, jurez-le !

Après qu'on a craché dans les toilettes,

CHAPITRE 3

Bastien a commencé à se confesser :

— La semaine dernière, on a eu plusieurs évaluations et je n'ai eu que des mauvaises notes.

Je me souvenais effectivement que ses résultats n'avaient pas été très brillants. Mais comme ils n'étaient jamais brillants…

— Du coup, mon père m'a dit que, si j'avais encore une seule note aussi basse, je serais privé de console jusqu'à Noël…

Nico est intervenu.

— Noël ? Mais c'était il y a deux semaines !

— Justement, il parlait du prochain Noël ! Ça veut dire plus de jeux vidéo pendant au moins, euh… (on voyait que Bastien essayait de calculer) très longtemps !

Comme on ne comprenait pas le rapport entre ses zéros et la venue de la police, on lui a demandé d'accélérer.

— Bon je vous jure, j'avais vraiment prévu de travailler pour le dernier contrôle d'histoire. Mais la veille, je me suis aperçu que j'avais laissé mes leçons dans mon casier…

En bonne élève, Élisa n'a pu s'empêcher

de commenter :

— Peut-être que si tu apprenais tes leçons un peu plus à l'avance aussi…

Bastien a fait semblant de ne pas l'entendre.

— Donc le lendemain, pendant l'éval', j'ai discrètement ouvert mon classeur sous la table et j'ai regardé quelques réponses…

— Oooooooh !

Élisa était aussi choquée que s'il avait avoué avoir cambriolé une banque. Quant à moi, je me suis demandé comment il avait fait pour ne pas être détecté par les yeux de lynx de madame Lafrape.

Nico, lui, a eu une autre réaction :

— Attends, tu avais ton classeur sous les yeux et tu as eu combien ? Onze je crois ! Seulement ? Tu t'es vraiment débrouillé comme un pied !

En temps normal, Bastien lui aurait bondi dessus et leur bagarre aurait fait trembler les murs de la cabine handicapés des W.-C., mais, à ce moment précis, Bastien n'était pas d'humeur à se battre. Il n'a même pas réagi à la moquerie de Nico (décidément, ça allait mal).

— Dites, vous croyez que je risque quoi ? Un zéro ?

— Si j'en crois ce que répète régulièrement madame Lafrape, tu vas avoir de gros ennuis, bien pires qu'un zéro ! Et ce sera bien fait pour toi, espèce de tricheur !

Élisa avait parlé sur un ton sévère, comme si elle imitait la maîtresse.

Bastien était tout penaud… jusqu'à ce qu'il se redresse, une lueur d'espoir dans le regard.

— Attendez, je crois que je sais comment me rattraper, je viens d'avoir une idée géniale !

CHAPITRE 4

La drôle d'idée de Bastien

Quand Bastien disait ça, en général, on pouvait s'attendre au pire.

Si la cloche n'avait pas sonné pile à ce moment-là, on aurait essayé de l'empêcher de mettre en œuvre son fameux plan… Parce que sa super idée géniale de la mort qui tue, c'était de faire exprès de se tromper aux prochaines évaluations. Faire encore pire que d'habitude… si c'était possible ! Et ça commençait immédiatement avec le contrôle de géométrie.

Mais en fait, ça n'a pas du tout marché comme il l'espérait. Je ne sais pas comment il s'est débrouillé, mais ses résultats ont nettement augmenté !

Le pire, c'est quand il a obtenu un 14, sa meilleure note de l'année, il en a pleuré ! Pour lui, c'était une catastrophe. En plus, ça a eu pour conséquence d'attirer l'attention de la maîtresse... Madame Lafrape l'a félicité pour ses efforts !

Alors, il a changé de technique : il a fait exprès de répondre n'importe quoi !

On ne peut pas dire que ça faisait rire la maîtresse : elle lisait ses réponses les plus stupides à voix haute pour essayer de le faire réagir.

— Bastien, Leclerc ce n'est pas la capitale de l'Égypte !

— Comment veux-tu qu'un triangle équilatéral ait quatre côtés égaux ? Si tu ne sais même pas distinguer un triangle et un carré, tu devrais peut-être retourner en maternelle !

Les notes de Bastien étaient toutes identiques : zéro, zéro, zéro... Je ne sais pas combien il en a reçu en une semaine, mais son bulletin allait ressembler à un champ de patates. Une chose était sûre, il n'était pas près de retoucher à sa console !

Et pourtant, à chaque copie avec un zéro que la maîtresse lui rendait, Bastien était content de lui. Par contre, une fois, il s'est raté en sciences : il a eu 1/20 (madame Lafrape lui avait donné un point pour le soin). Il s'en est sacrément voulu ! C'est pour ça qu'après il s'est mis à écrire comme un gros crado ! Pauvre maîtresse !

Bastien était satisfait de s'être racheté, il pensait l'affaire réglée, mais...

Le vendredi suivant, madame Lafrape a reçu un nouveau petit mot de la directrice. Ce n'était plus moi qui étais chargé de cette tâche, mais, coup de bol, c'était Nico le facteur.

Il a convoqué d'urgence une nouvelle réunion aux W.-C.

— Les amis, j'ai une mauvaise nouvelle.

— Allez, raconte !

— Vous avez vu que, tout à l'heure, la directrice a fait passer un nouveau papier à madame Lafrape...

— Oui, et ?

— Eh bien je l'ai ouvert !

CHAPITRE 4

— Et alors ?

Nico savait faire durer le suspense.

— Nooooooon ? Ne nous dis pas que…

— Et si ! C'était écrit que l'inspecteur avait confirmé sa visite pour vendredi 22 !

Quand Nico a dit ça, la tête de Bastien a carrément changé de couleur. On avait l'impression que son père venait de lui annoncer qu'il lui confisquait sa console jusqu'à ses dix-huit ans. Il s'est écroulé par terre en pleurnichant :

— Vous avez vu mes dernières notes ? Que des zéros ! Je pensais que je m'étais racheté !

Pendant qu'Élisa essayait de le consoler, j'ai remarqué que Nico restait silencieux. Étrangement silencieux. Alors je me suis pris pour l'inspecteur Colombo :

— Dis Nico, tu n'aurais rien à nous raconter ?

Et c'est là qu'il est passé aux aveux…

CHAPITRE 5

Au tour de Nico

Avant de vous raconter ce qu'il nous a avoué, il faut que je vous décrive la vie de Nico.

Dans la classe, tout le monde est jaloux de lui : il possède toutes les consoles qui existent : la ixboxe, la souitche, la péesse2, la péesse3, la péesse4 et même d'autres qui ont un nom que je ne sais pas écrire.

Sauf que lui, comme il a de bonnes notes (pas comme Bastien !), il a le droit d'y jouer quand bon lui semble. Des fois, Bastien dit que c'est un enfant gâté parce qu'il a tout ce qu'il veut. Nico lui répond alors que c'est pas beau d'être jaloux avant de lui filer un coup de pied dans les tibias et je pense que vous devinez la suite...

C'est pour ça que son aveu nous a surpris.

CHAPITRE 5

— En fait, il est possible que la police ne vienne pas enquêter sur les notes de Bastien. Il y a deux semaines j'ai, euh..., emprunté un trombone qui traînait sur le bureau de madame Lafrape.

En entendant ça, Bastien s'est mis à lui hurler dessus.

— Quoi ? Tu veux dire que j'ai eu toutes ces mauvaises notes pour rien ? Par ta faute, mon père m'a privé de jeux vidéo, de télévision, de tablette et de tout ce qui a un écran ! C'est à peine si je peux m'approcher du micro-ondes ! Tout ça parce que tu as pris un trombone ?

Mais Élisa s'est doutée que ce n'était que le début...

— Attends, explique-nous un truc : tu comptais faire quoi avec ton trombone ?

Nico n'avait visiblement pas prévu de dévoiler la seconde partie de son plan. Mais à cause d'Élisa, il a été obligé de tout raconter.

— Bon O.K., je vais tout vous dire. Mais d'abord, il faut que vous juriez-crachiez...

— Rien du tout, c'est toi qui vas cracher le morceau, oui !

Devant la colère de Bastien, Nico a finalement avoué.

— Vous vous souvenez de ma collection de cartes Pokéjaune ?

Je ne sais pas pour les autres mais moi, je m'en rappelais parfaitement. Nico en possédait une énorme boîte en métal (vous savez, celles qui contiennent un assortiment de gâteaux au chocolat). Sauf que lui, il avait mangé les gâteaux pour y ranger ses précieuses cartes. Il avait même les plus rares, celles qui sont dorées comme les grilles de la mairie ! J'en parle au passé parce qu'il avait commis une grosse erreur : les ramener à l'école (et ça, c'est formellement interdit) !

CHAPITRE 5

Évidemment, quand la maîtresse les avait vues, elle les avait confisquées… Depuis ce jour, elles dorment dans le tiroir du bureau en attendant le moment où il pourra les récupérer : la veille des grandes vacances, dans six mois !

Il a enchaîné :

— En fait, je comptais récupérer les cartes que madame Lafrape m'a *injustement* prises ! Pendant une récré, j'ai pénétré discrètement dans la classe et j'ai emprunté un trombone. Je voulais forcer la serrure du tiroir et reprendre ce qui m'appartient…

Élisa n'en croyait pas ses oreilles : après Bastien le tricheur, voilà Nico le cambrioleur ! Déçue mais surtout en colère, elle s'est tournée vers moi :

— Et toi, tu n'as rien à te reprocher ? Profites-en, c'est le moment des confessions !

Nico s'est énervé :

— Hé ! Du calme, madame la donneuse de leçons ! Je n'ai pas réussi à ouvrir la serrure, les cartes sont encore dans le tiroir. Et puis, dès que vous avez commencé à parler de cette histoire de police, j'ai remis le trombone à sa place.

CHAPITRE 5

Madame Lafrape n'a pas pu se rendre compte que je lui en avais emprunté un ! Comme si elle les comptait chaque soir ! Et puis je ne suis pas bête, je n'ai parlé de mon projet à personne !

Effectivement, il ne m'avait même pas mis dans le secret, moi son meilleur ami ! J'étais franchement vexé. Je n'avais plus aucune envie de lui parler, ce qui semblait aussi être le cas d'Élisa et de Bastien. Pour la première fois de ma vie, j'ai été content que les maîtresses sonnent la fin de la récré… c'est dire si j'étais fâché !

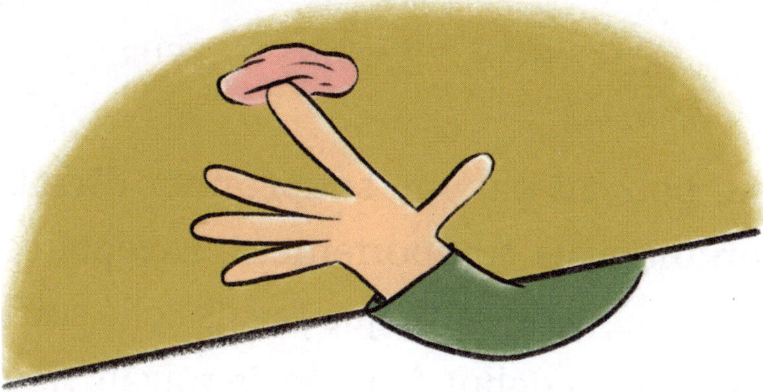

CHAPITRE 6

Moi, je n'ai rien à me reprocher ! Enfin…

Après cette histoire, l'ambiance en classe est devenue carrément glaciale. Élisa était déçue du comportement des deux garçons qui, eux, redoutaient de se faire dénoncer.

Moi, j'étais plus tranquille : l'inspecteur

ne pouvait pas me soupçonner d'avoir un mauvais comportement. Excepté ce petit chewing-gum que j'avais collé sous la table en début d'année, je n'avais rien à me reprocher !

C'est vrai, je fais toujours mes devoirs, je dis « bonjour maîtresse » en arrivant chaque matin et « au revoir maîtresse » en repartant le soir.

Et puis, si je l'avais collé sous la table, c'était parce que j'avais oublié de le jeter en entrant dans la classe. Par chance, je m'étais rendu compte qu'il était encore dans ma bouche avant madame Lafrape.

CHAPITRE 6

Quand elle surprend un élève en train de mâchouiller quelque chose, elle lui fait copier une phrase comme « Je ne suis pas une vache, je ne dois pas ruminer en classe » cent fois ! Et le pire, c'est que les parents doivent signer la punition. Je l'avais échappé belle !

Mais, à part ça, je ne vois pas pourquoi l'inspecteur m'en voudrait. Je vous ai dit que je n'oubliais jamais de dire « merci maîtresse » et « à vos souhaits maîtresse » ?

Je repense quand même à ce petit chewing-gum : ce serait peut-être l'occasion de le retirer de son emplacement pour le jeter à la poubelle. Même si j'aime bien le caresser avant chaque évaluation, comme un porte-bonheur, il vaudrait mieux que je ne prenne pas de risque avec la visite de l'inspecteur ! Imaginez s'il le découvrait !

Alors, j'ai profité d'un moment où madame Lafrape copiait des exercices (qui allaient ensuite nous prendre des heures vu la quantité !) au tableau. Comme elle avait le dos tourné, j'ai glissé ma main sous la table. Mais après avoir longuement tâtonné, impossible de le trouver. Peut-être que quelqu'un l'avait changé de place ?

Seule solution : aller voir de mes propres yeux. Mais comment faire pour aller sous la table ?

En regardant autour de moi, j'ai eu une idée : j'ai avancé ma main… et j'ai mis une pichenette dans ma trousse. Elle a atterri par terre en faisant un énorme bruit. C'est seulement en voyant la grimace de madame Lafrape que j'ai réalisé qu'un seul stylo aurait suffi. Je tâcherais d'y penser la prochaine fois.

Je me suis précipité sous la table pour réparer mon erreur. J'ai commencé par ramasser quelques crayons avant de lever les yeux. Et cette fois-ci, aucun doute : entre les crottes de nez collées un peu partout (beurk, je vous jure qu'elles ne sont pas de moi), il n'y avait pas de chewing-gum !

CHAPITRE 6

Ça faisait pourtant des mois qu'il n'avait pas bougé, et là, d'un coup, il avait disparu ! Si ça se trouvait, la maîtresse l'avait découvert, l'avait décollé (en faisant une mine dégoûtée) et elle avait contacté l'inspecteur ! Je l'imaginais déjà tenant mon chewing-gum dans un petit sachet transparent dans une main et un coton-tige pour faire un prélèvement de salive dans l'autre. J'ai déjà vu ça dans plein de séries à la télé…

— Lucas ! Tu comptes passer la journée par terre ? Dépêche-toi de tout ramasser !

J'ai tout remis dans ma trousse tant bien que mal et je me suis rassis en me demandant si on pouvait regarder la télé en prison...

On était désormais trois à redouter la visite de l'inspecteur du lendemain : un tricheur (Bastien), un voleur (Nico) et moi... un élève modèle (ou presque) !

CHAPITRE 7

L'inspecteur !

Ce à quoi ni moi, ni Nico n'avions pensé (je ne parle pas de Bastien parce que lui il ne pense jamais rien), c'est qu'Élisa ne serait pas là.

D'habitude, c'est elle qui arrive en premier à l'école et qui nous attend à côté du portail. Mais ce matin-là, aucune trace d'Élisa...

Son absence a au moins permis à Bastien, Nico et moi de nous reparler.

— Vous ne trouvez pas ça louche, vous ? Elle n'a jamais manqué l'école une seule fois cette année ! Et là, juste le jour où l'inspecteur doit venir... comme par hasard !

Bastien est allé encore plus loin :

— C'est peut-être elle qui a des choses à se reprocher !

Moi, je ne voulais pas l'accuser parce que je l'aime bien Élisa.

CHAPITRE 7

La matinée s'est déroulée de manière ordinaire même si on sentait que madame Lafrape était un peu tendue. Les copains et moi, on s'est demandé si elle savait ce que l'inspecteur allait nous faire : amende, peine de prison... Pitié, tout sauf des pages d'exercices !

J'avais beau me répéter que je le saurais bien assez tôt, je ne pouvais pas m'empêcher de trembler.

Alors c'est tout stressés qu'on est revenus de la cantine. Le repas nous avait paru encore moins bon que d'habitude. Et pourtant, le cuisinier nous avait fait sa spécialité : ses fameuses frites toutes molles (elles sont peut-être toutes molles mais c'est toujours meilleur que des haricots verts) ! Je me suis dit que c'était peut-être mon dernier repas avant ceux qu'on sert en prison. Et là, je *l*'ai vu arriver.

Il était exactement comme je l'avais imaginé : assez gros, presque chauve et avec une large moustache (comme s'il avait collé sa dernière touffe de cheveux sous son nez). Il portait une vieille veste, exactement comme l'inspecteur Colombo. À sa main droite, il tenait une petite sacoche qui contenait probablement son matériel pour faire des analyses. À vous, je peux bien l'avouer : j'ai eu les pétoches quand je l'ai vu entrer. D'ailleurs je ne suis pas le seul, Bastien et Nico ne faisaient pas non plus les fiers. Même madame Lafrape a semblé impressionnée quand elle lui a serré la main.

Elle l'a invité à s'asseoir à sa place.

— Je vous ai laissé les dossiers sur le coin de mon bureau, pour que vous puissiez les examiner.

Des « dossiers » ? Elle lui avait écrit

des rapports sur nous ?

L'inspecteur les a aussitôt feuilletés puis il a sorti son ordinateur portable, sûrement pour taper son rapport. J'avais du mal à le voir de là où j'étais assis, vu qu'il se trouvait dans mon dos. En plus, il était trop loin pour que je puisse le regarder au travers de ma règle-rétroviseur. Je n'arrêtais pas de me retourner et ça, il l'a rapidement remarqué (c'est pas pour rien qu'il est dans la police !). Finalement, il s'est levé et s'est avancé vers moi. Zut, j'étais repéré !

CHAPITRE 7

D'abord, il a murmuré quelque chose à l'oreille de la maîtresse. Je n'ai pas réussi à entendre ce qu'ils se disaient mais ensuite, ils m'ont tous les deux regardé. J'étais sûr qu'il venait de lui demander si c'était bien moi pour le chewing-gum. Je ne savais pas comment réagir alors j'ai opté pour la technique du « je baisse la tête et comme ça je deviens invisible ». Je ne sais pas combien de temps j'ai gardé cette position mais quand je me suis relevé, l'inspecteur était juste à côté de moi. C'est un peu comme dans les films quand le héros se cache et qu'il se rend compte que le monstre est juste derrière lui en sentant son haleine répugnante… Eh bien moi, je n'ai pas senti ce que l'inspecteur avait mangé à midi mais j'ai vu son pied sous ma table. Je me suis dit que je n'avais pas le choix, j'ai pris mon courage dans la main et j'ai relevé les yeux. C'est là qu'il m'a glissé :

— Il y a quoi de beau sous la table ?

Il savait pour le chewing-gum ! J'avais longuement réfléchi à la technique à adopter pour lui répondre. Alors je lui ai dit la phrase imparable que j'avais préparée depuis une semaine :

— Rien. En tout cas, pas de chewing-gum !

Im-pa-rable, je vous dis. D'ailleurs lui-même ne devait pas s'attendre à cette réponse parce qu'il a fait une tête bizarre.

Plus tard, je me voyais raconter cette histoire à mes petits-enfants. Peut-être même que j'écrirais un bouquin dessus. Je l'appellerais : *Comment se débarrasser d'un policier quand on est un écolier qui a fait une bêtise ?*

Et d'ailleurs, il faudrait que je prête le livre à mes copains parce que c'était désormais à leur tour d'être interrogés par l'inspecteur !

CHAPITRE 8

Un inspecteur qui a du flair

En effet, si moi j'étais tiré d'affaire, ce n'était pas le cas de Bastien et de Nico ! Ils devaient regretter de ne pas connaître les techniques de l'inspecteur Colombo sur le bout des doigts de pied !

Comme j'avais réussi à le repousser,

l'inspecteur s'en est pris à la première proie qui était à sa portée : Bastien.

Et vous ne devinerez jamais ce qu'il lui a demandé ! Je vous le donne en mille : son cahier d'évaluations ! Si ! J'ai vu Bastien devenir tout blanc. Ensuite, il a fait semblant de ne pas le retrouver en fouillant dans son casier, puis dans son sac, puis encore dans son casier puis...

Alors l'inspecteur s'est impatienté et il a carrément mis les mains dans le bazar de Bastien. Il a commencé par retirer une dizaine de pochettes plastiques chiffonnées, des leçons à moitié déchirées avant de tomber sur une ribambelle de mouchoirs en papier déjà utilisés. Il avait l'air de trouver ça dégoûtant mais il n'a pas lâché l'affaire et il a fini par mettre la main dessus.

Il tenait le cahier à bout de bras, comme s'il avait peur d'attraper des maladies. Et puis il l'a ouvert et là, il a fait des grimaces encore plus laides !

— Zéro sur les châteaux forts, zéro sur les multiplications… Oh là là mais quelle catastrophe ! Tiens, 11/20 en géographie ? Comment tu as fait pour avoir cette note ?

Et voilà, il savait aussi pour la tricherie. Bastien était démasqué. Mais avant qu'il n'avoue, l'inspecteur a interpellé la maîtresse :

— Madame Lafrape, vous êtes sûre que cet élève fait bien partie de votre niveau ?

La maîtresse a expliqué qu'elle faisait de son mieux pour aider Bastien mais que ses résultats avaient beaucoup baissé ces derniers temps.

Ensuite, elle a essayé de traîner l'inspecteur vers Anatole et Eugénie pour lui présenter des élèves avec de meilleures notes. On avait l'impression qu'elle essayait de déplacer un éléphant. Mais comme elle n'arrivait pas à le traîner vers ses deux chouchous, elle s'est rabattue sur un enfant un peu moins bon, mais qui, au moins, était tout près : Nico.

Ses affaires étaient soigneusement rangées, avec son cahier d'évaluations posé bien en évidence. On aurait même dit qu'il avait utilisé sa règle pour aligner ses stylos. Nico semblait sûr de lui. Pendant ce temps, l'inspecteur regardait ses évaluations sans parler. Visiblement, les notes lui plaisaient. Mais, en reposant le cahier sur le bord de la table, il a fait cette remarque à Nico :

— Toi, tu aimes les Pokéjaune, n'est-ce pas ?

Nico a changé de visage ! Il n'a pas su quoi lui répondre, d'autant plus que l'inspecteur a insisté :

— Trousse, stylo, gomme... tu as toute la panoplie ! Je parie que tu as aussi des cartes Pokéjaune.

Nico était sans voix. Heureusement madame Lafrape est venue à son secours :

CHAPITRE 8

— Monsieur l'inspecteur, est-ce que je vous ai parlé de… ?

Ouf, sauvé ! L'inspecteur et madame Lafrape sont allés discuter en fond de classe pendant qu'on travaillait. Enfin, pendant qu'on était censés travailler plutôt… Ben oui, comment voulez-vous que les copains et moi, on parvienne à se concentrer ? C'était désormais certain, l'inspecteur était au courant de tout : la tricherie, les cartes… même mon chewing-gum ! Tous les trois, on se demandait surtout ce qui allait nous arriver.

RAPPOR
SUR LA CL
DE MAD
LAFRA
VEN. 2

Et plus l'heure avançait, plus on se rapprochait de la condamnation. J'allais sûrement m'en tirer avec une forte amende (heureusement que j'avais un peu d'argent dans ma tirelire !). Mais Nico et Bastien, que risquaient-ils ? De longues années de prison probablement ! Les pauvres !

Alors, quand la maîtresse nous a demandé de nous lever pour entendre ce que l'inspecteur avait à nous dire, je ne vous dis pas comme on a eu la trouille !

— Bien. Les enfants, j'ai découvert des tas de choses cet après-midi.

CHAPITRE 8

Madame Lafrape, votre classe est très sympathique mais certains de vos élèves semblent avoir quelques difficultés. Je vais écrire mon rapport et je vous envoie ça le plus vite possible. Nous allons les remettre sur le droit chemin !

Aïe aïe aïe... Les copains et moi, on était cuits !

CHAPITRE 9

Le retour d'Élisa

En temps normal, le week-end passe super vite. Mais, là, il m'a semblé super long… aussi long qu'une séance de grammaire ! J'avais beau me dire que, de nous trois, c'était moi qui craignais le moins, j'avais les jetons, les chocottes, la frousse…

Et le pire, c'est que l'inspecteur n'avait même pas dit quand on serait mis au courant. Peut-être que lundi matin, des gendarmes nous attendraient au portail pour nous conduire dans leur *cabane* (c'est comme ça que l'inspecteur Colombo désigne la prison, je crois)...

Alors, quand je me suis dirigé vers l'arrêt de bus le lundi matin, j'ai serré papa et maman fort contre moi, comme si c'était la dernière fois que je les voyais. Ils ont dû trouver ça bizarre parce que d'habitude, je suis plutôt du genre à éviter les câlins.

CHAPITRE 9

Surprise, quand je suis arrivé à l'école, ce n'était pas la police qui nous guettait… mais Élisa. Elle était de retour ! Mais impossible de s'approcher, sa mère et elle étaient en grande discussion avec madame Lafrape.

Je me suis tourné vers mes deux compagnons. Pour une fois, ils n'étaient pas en train de se chamailler. Au contraire, ils s'étaient mis d'accord sur un point : tout était la faute d'Élisa.

— Je te dis qu'elle est en train de nous balancer !

— Qu'est-ce qu'on a été stupide de

tout lui confier ! Si ça se trouve, c'est comme ça qu'elle a de bonnes notes, en donnant des renseignements sur nous à la maîtresse !

Nico et Bastien semblaient persuadés qu'elle nous avait trahis. Moi, j'avais beaucoup de mal à y croire. Comme je gardais le silence, ils s'en sont pris à moi :

— Il va falloir que tu choisisses ton camp, Lucas. Soit t'es avec nous et t'adresses plus la parole à cette cafteuse ; soit t'es contre nous et là, ne compte pas sur nous pour te défendre dans les couloirs de la prison !

CHAPITRE 9

La décision n'était pas facile, mais comme dit toujours papa, « épinards ou choux de Bruxelles, il faut choisir ». Comme je n'ai ni les gros biscotos de Bastien ni l'intelligence de Nico, j'ai pensé que ce serait mieux que je reste ami avec eux. Et au final, moi aussi, j'ai décidé de ne plus parler à Élisa. Plus jamais !

Alors, quand est venue l'heure de rentrer en classe, on a tout fait pour l'éviter. D'habitude, elle et moi, on se range ensemble ; c'est d'ailleurs pour ça qu'Adrien me casse les pieds (enfin plutôt les oreilles) en répétant à tout le monde que je suis amoureux d'elle. Mais aujourd'hui, je me suis rangé avec quelqu'un d'autre... à savoir Adrien qui est tellement méchant avec tout le monde que personne ne veut jamais de lui. Et pour la première fois de toute sa scolarité, Élisa s'est retrouvée toute seule, au bout de la file. Loin de nous. Ouf !

Je voyais bien qu'elle essayait d'entrer en contact avec moi mais déjà, c'est interdit de parler dans les rangs (et madame Lafrape veille) et surtout je ne voulais pas que mes deux futurs compagnons de prison me laissent tomber. Alors j'ai fait semblant de ne pas l'entendre. Croyez-moi, c'était dur de résister à ses « pssssst ». Surtout avec cet idiot d'Adrien qui en rajoutait une couche :

— Hé minus, y a ton amoureuse qui t'appelle ! Bisous bisous bisous !

Résultat, j'ai presque été content de m'asseoir à ma place entre mes futurs compagnons de cellule. Oui parce qu'à l'intérieur de la classe, plus question de se parler !

Au début, Élisa a quand même continué à m'appeler ! Mais les copains et moi, on faisait comme si de rien n'était. Si elle voulait s'excuser, c'était trop tard ! Heureusement, au bout d'un moment, elle a abandonné. Enfin ! Comme dirait papa (enfin d'habitude il dit ça de moi quand on fait les devoirs ensemble), elle comprend vite mais après avoir réfléchi longtemps !

Et puis les événements se sont accélérés : madame Lafrape a eu besoin d'un facteur pour apporter un papier à la directrice. Normalement, c'était le métier de Diego cette semaine. Mais comme il était absent, elle a demandé un volontaire. Évidemment, les deux fayots du premier rang ont immédiatement levé la main… mais c'était sans compter sur Élisa… et Nico… et Bastien… et moi !

Et devinez quoi ? C'est moi que la maîtresse a choisi !

CHAPITRE 10

Le rapport de l'inspecteur

Cette fois-ci, j'ai pris ma mission très au sérieux : hors de question de faire un arrêt pipi ou de suçoter un bonbec en chemin ! J'ai vite attrapé le petit mot que madame Lafrape me tendait et j'ai foncé chez la directrice !

J'ai quand même pris le temps de voir ce qu'elle voulait alors j'ai déplié le papier. Et j'avais vu juste puisqu'il y était inscrit :

Alors, tu as reçu le rapport de l'inspecteur ?

Vu son écriture tremblotante, la maîtresse devait être stressée.

Quand j'ai donné le papier à la directrice, j'ai attendu à côté d'elle pour bien qu'elle comprenne que madame Lafrape voulait son rapport immédiatement. Pas question de rentrer bredouille.

Et là, la directrice m'a dit :

CHAPITRE 10

— Tiens, voilà ce que ta maîtresse réclame.

Elle m'a tendu une enveloppe marron où était écrit :

Pour madame Lafrape, confidentiel.

Mon cœur battait au moins à 130 kilomètres à l'heure ! Je suis vite reparti vers ma classe. Ma chance, c'est que l'enveloppe était facile à ouvrir. J'ai donc sorti son contenu prudemment (ça aurait été vraiment stupide d'y laisser une empreinte de doigt ou une crotte de nez !) : le rapport tant attendu !

Il se composait de plusieurs feuilles

écrites en tout petits caractères. Je me suis plongé dans leur lecture en marchant mais il était rempli de mots super compliqués… des mots d'au moins quatre syllabes !

Les copains comptaient sur moi, qu'est-ce que j'allais pouvoir leur dire ? Que j'étais trop stupide ? C'est sûr que si Nico ou Élisa avait été à ma place, ils auraient tout compris, eux !

Et c'est là que j'ai eu une idée géniale (une vraie, pas comme celles de Bastien !) : faire un petit détour par la photocopieuse.

En revenant en classe, j'ai tendu l'enveloppe à madame Lafrape. Elle s'est jetée dessus comme un chien sur ses croquettes. J'ai même cru qu'elle allait me mordre ! J'attendais qu'elle nous jette un regard… mais rien, ses yeux ne quittaient pas le rapport !

Les copains et moi, on avait la boule au ventre ! Ça a bien duré au moins deux minutes ! Elle a finalement redressé la tête, nous a regardés et a déclaré :

— Les enfants, allez vous habiller, la police va venir.

Ça, c'est ce que j'ai cru entendre. En réalité, madame Lafrape a juste dit :

— Les enfants, allez vous habiller, c'est la récré, on va sortir.

C'était la première fois que madame Lafrape nous autorisait à aller en récré alors que ce n'était pas l'heure… le moment était grave ! Mais pas question de protester (même Anatole et Eugénie n'ont rien dit), Nico, Bastien et moi, on a filé à notre QG. C'est à peine si on a entendu la maîtresse demander à Élisa de rester avec elle… la traîtresse !

Bastien est arrivé complètement essoufflé (c'est ce qui arrive quand on mange trop de chips !). J'ai aussitôt refermé la porte derrière lui. Ensuite, j'ai raconté ce que j'avais vu :

— Alors j'ai essayé de lire le rapport de l'inspecteur mais je n'ai strictement rien compris…

Bastien m'a coupé la parole :

— Quoi, alors tu nous as fait courir pour rien ? À cause de toi, j'ai failli faire un infractus !

Nico l'a repris :

— On dit « infarctus » !

— C'est ce que j'ai dit, un infractus !

— Assez !

C'est là que j'ai dégainé le rapport tout froissé :

— Tadam !

Bastien et Nico m'ont regardé avec des grands yeux. Je leur ai expliqué :

— Je suis allé le photocopier ! Pour qu'on puisse l'étudier au calme, tous les trois ! Alors, qui c'est le plus malin ?

Je m'attendais à ce qu'ils me félicitent… mais non, ils se sont simplement jetés sur les feuilles ! Sympas les copains !

CHAPITRE 11

Élisa nous explique tout

Compétences spécifiques, référent didactique, pédagogiquement... Vu sa tête, ces mots ne parlaient pas plus à Nico qu'à moi (et je ne parle pas de Bastien qui devait se demander en quelle langue c'était écrit...).

En revanche, par-ci par-là, on reconnaissait parfaitement nos trois prénoms. Bastien a alors dit :

— Vous savez ce qu'il nous faudrait ?

Nico a répondu tout bas « que tu aies un cerveau ». Heureusement pour lui, Bastien n'a pas entendu et a répondu à sa propre question :

— Un dictionnaire !

Ça, c'était une bonne idée ! On a rapidement tiré à la courte-ficelle (c'est un peu comme la courte-paille quand on n'a pas de paille sur soi : on tire sur un fil de son pull et on voit qui a le plus court). Et donc c'est comme ça que j'ai été désigné. Mais le temps pressait, la récré était bien entamée et notre classe se situait à l'autre bout du bâtiment. Donc j'ai vite déverrouillé la serrure, je me suis élancé... et j'ai percuté Élisa qui arrivait en sens inverse. Comme j'avais oublié qu'on ne lui parlait plus, je lui ai crié :

— Pardon, je vais chercher un dico pour comprendre le rapport de l'inspecteur. On ne sait toujours pas qui il arrête !

Alors que je m'éloignais, je l'ai entendue répliquer :

— Inutile, moi je sais. Je peux tout vous dire si vous me laissez m'expliquer !

Après avoir hésité, on l'a finalement autorisée à rentrer dans la cabine. Très calmement (c'est sûr, elle ne craignait rien), elle a pris la parole :

— Alors vendredi, j'avais mal au ventre, c'est pour ça que je ne suis pas venue à l'école. D'ailleurs, pourquoi aucun de vous trois ne m'a rapporté les devoirs ?

Comme on ne répondait pas, Élisa a poursuivi :

— Enfin bon passons, on réglera ça plus tard. Donc ce matin, ma mère est venue expliquer à madame Lafrape que je n'avais pas pu recopier les leçons de vendredi. Et figurez-vous qu'elle lui a dit que je lui avais manqué ce jour-là. Elle a expliqué qu'elle comptait sur moi pour...

— Nous dénoncer !

Révoltée par les mots de Bastien, Élisa a protesté :

— Mais non triple andouille, tu crois vraiment que je vous aurais caftés ? Surtout que l'inspecteur n'en a rien à faire de vos bêtises, c'est madame Lafrape qu'il est venu voir !

CHAPITRE 11

J'étais complètement perdu. C'était la maîtresse qui allait finir en prison ? C'est d'ailleurs ce que j'ai demandé à Élisa :

— C'est la maîtresse qui va finir en prison ?

Élisa m'a regardé comme si ma question était stupide. Avant de tout expliquer :

— Arrêtez avec ça : l'inspecteur n'appartient pas à la police ! Regardez, c'est écrit ici : *Monsieur Boulin, inspecteur de l'Éducation nationale*. En fait, il venait juste pour voir comment madame Lafrape travaille ! C'est un peu le maître des maîtresses.

— Hein ?

— De quoi ?

— Qu'est-ce que tu racontes ? Il n'a pas arrêté d'être sur notre dos ! Il a même fouillé dans mes affaires !

Élisa a expliqué :

— C'est normal Bastien, il veut savoir si la maîtresse est efficace...

— Et moi, il m'a dit que j'aimais les Pokéjaune !

— Nico, pas besoin de travailler dans la police pour savoir ça ! Je te rappelle que tu as une trousse Pokéjaune, un stylo Pokéjaune...

Nico était toujours méfiant :

CHAPITRE 11

— OK, mais, comment tu sais tout ça, toi ? Et pourquoi tu n'as pas quitté madame Lafrape d'une semelle aujourd'hui ?

— Hé ho du calme ! Madame Lafrape a raconté à ma mère qu'elle aussi avait mal au ventre à cause de la venue de son inspecteur. Elle lui a ensuite expliqué comment ça s'est passé. Et si je suis restée avec elle, c'est parce que ma mère lui a demandé de veiller sur moi ! D'ailleurs, pour venir vous retrouver ici, j'ai dû dire que j'avais une envie pressante ! Il n'y a que comme ça qu'elle m'a laissée aller aux toilettes !

Ouf, tout s'expliquait. Comme a conclu Bastien, tout finit bien qui finit bien. Et dire que Nico et Bastien avaient cru que la police venait enquêter sur eux ! Non mais quels idiots ces deux-là ! Ce sont vraiment deux gros nigauds !

Depuis, ils se tiennent à carreau en classe. Ni tricheries aux évaluations, ni vol de trombones, ni chewing-gums collés sous les tables ! Ils ont bien compris qu'ils n'ont pas intérêt à recommencer... Si seulement ils pouvaient prendre exemple sur moi !

DÉCOUVREZ LA PREMIÈRE AVENTURE
DE LUCAS ET SA BANDE !

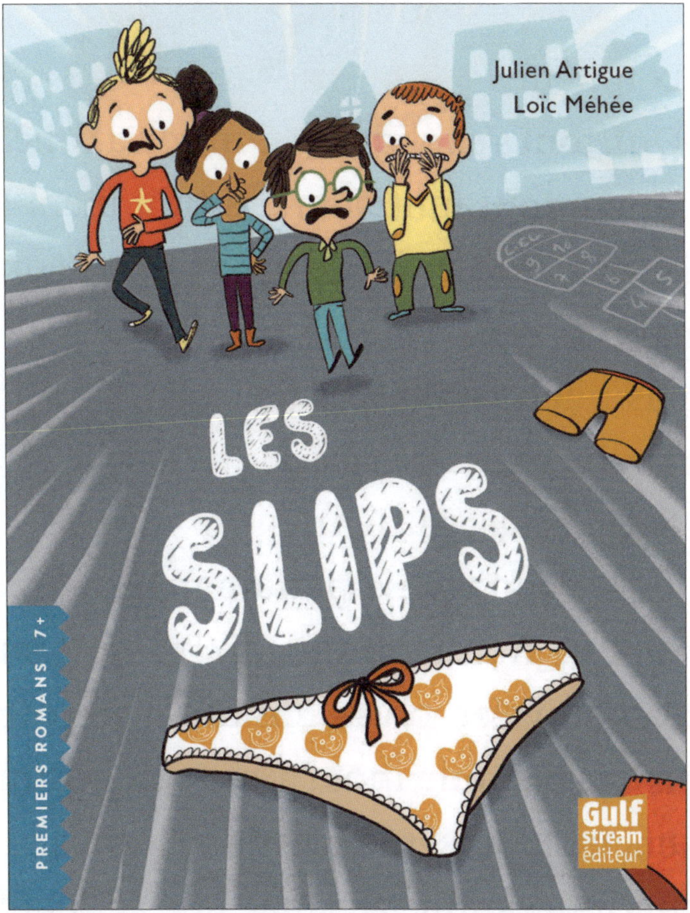

GULF STREAM ÉDITEUR VOUS OFFRE UN EXTRAIT

CHAPITRE I

Une drôle de découverte

Je m'en souviens parfaitement : on a trouvé le premier un jeudi. J'en suis sûr à 100 %, voire plus. Comment je peux être aussi sûr de moi ? C'est parce qu'on était en pleine séance de sciences. Et les sciences, on n'en fait que le jeudi, et encore, quand on est sages ! C'est dommage parce que c'est ma matière préférée. Ça ne me dérangerait pas du tout d'en faire plus, à la place de la grammaire ou de la conjugaison, parce que, bizarrement, ça c'est tous les jours, qu'on soit sages ou pas. Enfin bref, on était en train de dessiner des phasmes, quand tout à coup je me suis aperçu que Bastien n'était plus là.

Bastien c'est mon meilleur ami, mon partenaire de foot et surtout mon voisin de classe. Bon, je vous rassure, je n'ai pas eu à chercher bien longtemps pour le retrouver, il était tout simplement sous notre table. Évidemment, son absence a aussi attiré madame Lafrape (c'est notre maîtresse), qui lui a fait cette remarque :

— Alors, monsieur Lomba, on est tombé de sa chaise ?

Quand Bastien s'est réinstallé, j'ai bien vu qu'il était perturbé. Il faut dire, c'est un peu la tête de truc de la maîtresse, elle ne lui laisse rien passer. Et là, donc, Bastien s'est rassis comme il pouvait, sous la surveillance de madame Lafrape. Impossible de lui demander ce qu'il faisait par terre sans qu'elle entende (oui, parce qu'elle aussi est très curieuse). En plus, comme il régnait le plus grand silence dans la classe, impossible de lui parler ; il allait falloir attendre la récréation pour découvrir ce qu'il cachait. À moins que...

Un petit mot écrit vite fait a atterri devant mes yeux. Aucun doute sur le nom de l'expéditeur, il n'y a que Bastien qui était capable de défier la surveillance de la maîtresse, les autres élèves étant bien trop timides pour ça ! J'ai discrètement ouvert le mot sur lequel était juste écrit :

j'est découvaire un truc bizzare, rendé-vous aux toillettes à la récré !

Une chose était sûre, Bastien n'avait

pas découvert un dictionnaire sous la table ! Mais qu'est-ce qui expliquait qu'il prenne autant de risques ?

D'ailleurs, en détournant le regard, j'ai remarqué que Nico (mon voisin de gauche) et Élisa (notre voisine de derrière et aussi notre seule copine fille) avaient également reçu une demande de rendez-vous aux W.-C.

L'attente a été longue, mais, une fois la bande des quatre réunie dans la cabine handicapés (notre quartier général), Bastien a fouillé dans sa poche pour sortir... une culotte ! Ma première réaction a été de crier :

EXTRAIT - LES SLIPS

— Beuuuurk !

C'est seulement après que j'ai compris pourquoi il nous tendait ça : il venait de la trouver en plein milieu de la classe...

La suite dans *Les Slips*, déjà disponible en librairie.

Reproduit et achevé d'imprimer en juillet 2018
par Perfekt, en Pologne,
pour le compte de Gulf stream éditeur
31, rue Alfred-Riom 44100 Nantes

Dépôt légal 1re édition : octobre 2019